JN093315

老いの入り舞

お昌（しょう）さん

田中清士

青山ライフ出版

老いの入舞（いりまい）

入舞転じて晩年に最後の一花を咲かせること

入舞（入綾に同じ）

舞楽で舞終了後の退出方法

花鏡（世阿弥著の能楽書）の中に老いの入舞を仕損ずるなりとある

広辞苑より

目次

群れない男

とにかく群れることが嫌いな男であった。記者仲間は彼の事をおしょうさんと呼び古手の刑事達もそう呼んだ。昭和四十三年六月、社内研修が終わって直ぐに配属された青森県の警察記者クラブで私は暫くの間、彼の事をお寺の息子とばかり思っていた。媚を売ることはしないがさりとて傲岸不遜とは違うぬくもりの様な包容力を感じたので私だけが勝手にそう思ったのかもしれない。名前は昌（しょう）と一字で書く。ある時、意味を尋ねると

「我（わ）で調べろじゃあ」

と津軽弁でにべもなかった。後日、辞書を引くと栄える、盛んの他にまれに乱れるの意味もあると分かり私は一人、ほくそ笑んで合点した。

それから六年間、九州育ちの私は雪国津軽にどっぷり浸かって独身生活を謳歌した。暑がり

の寒がりで特に冬の間は帽子から手袋に至るまで重装備だった私と違ってお昌さんは一年の大半を白っぽいトレンチコートで過ごした。しかもそれはかなり重い。テーブルの上に放り投げるとどさりと音がした。

「英国製で防水仕立てのオールコットンだはんでの（だからな）」

お昌さん特有の照れ隠しとちょっこしの一流自慢でもあったのだ。

群れない男が一番神経過敏になる季節、それは八月初旬のねぶたの期間中だった。お昌さんは何故かねぶたの衣装を着た事は無い。津軽のねぶた絵の武将のごとく武骨な顔立ちだし、悪くはないと思うんだが……。知人を案内する以外はねぶた道に出ることは先ず無かった。ねぶた囃し（ばやし）が遠くに聞こえる裏通りの居酒屋でビールかウィスキーのストレートを一人静かに飲むのが常だった。

私は彼とは逆に毎年跳ねた。しかも期間中はメインの三日間と最終日の四日連続、毎日である。自分でもあきれる程熱中した。

ねぶたの衣装は正装であるという警察署長の言を真に受けてある時は交通事故の現場にも直行して取材もした。同じ放送業界のライバル、民放局のお昌さんも十六ミリカメラ片手に当然現着していたが私とは目を合わさなかった。恐らく強い侮蔑の眼差しで私を見ていたに違いない。

ねぶたが終われば津軽は翌日から秋風が吹く。お昌さんの誕生日が八月八日なのも彼のねぶた嫌いの要因の一つかも知れない。その日の注目度は決して高くはないだろう。空もすっかり秋の雲で冬は遠くない。

そんなある日、地元記者だった人の未亡人が経営していて仲間うちでは第二記者クラブと呼んでいた居酒屋に各社の若手記者が集まっていた。

午前0時近くになって座はスポーツ談義となった。お昌さんは高校野球の応援団の一員として甲子園にも出場している。アルプススタンドを前にして全身をエビのように反り返して応援したという。私も一応私立大学体育会の出身であり午後の授業は四年間丸々、スティックを持ちながらグラウンドで白球を追いかける事で費やした。酒席はこの二つが酒の肴となってかなり盛り上がりを見せ既に全員が酔っていた。

するとお昌さんがいきなり私に向かって

「お前（めえ）そったら（そんなに）走り自慢するなら今から空港まで走れっか」

とけしかけるように聞いて来た。こちらも引くに引けず
「ああ、走れるさ」
と応じた。すると周りは
「やめろやめろ」
と止めに入った。中には
「酔っ払いが空港まで走るなんて危険すぎるよ」
と言う者まで現れた。居酒屋から空港まではどれ位離れていたのだろう。皆も正確な距離は知らなかったがタクシーの運転手が大喜びする距離であることは確かだった。しかし私は
「お昌さん、何を賭けるんだい？　只じゃ嫌だよ」
と言ったら
「何でも言いせえ」
とお昌さん。
そうなるともう後には引けない。
「そんならこの店の俺のツケを全部払ってくれ」
お昌さんもそれに応じて頷いた。

「空港までキッチリ走ったらな」

皆のいる前で賭けは成立した。その額が私の溜まっていた飲み屋のツケ。今から思えば共に安月給の小物同士の酔っ払いの賭けだ。なんとも微笑ましい限りだ。

私がズボンの裾を靴下の中にいれるなどして身支度を始めると全国紙の後輩記者が

「革靴のままじゃ走れないですよ」

「大丈夫だよ」

「僕のカミさんが日本舞踊をやってるんで足袋を沢山持ってます。今から電話しますんで途中で履き替えて行って下さい」

と言ってくれた。

「ファイトー！」の後に私の名前や会社の名前やらを連呼されながら私は店を出た。途中全国紙の記者の家に寄って足袋を借りようとしたがさすがにどれも女性用であり小さくて履けなかった。深夜に足袋を借りに来た男にさぞかし夫人も驚かれたに違いない。

当時の青森市の人口は二十三万台。市内の岸壁近くの店から空港に向けて夜の街をネクタイ姿で走る若い男。やはり目立つのか。当時、走行中のタクシーは本社間、あるいは運転手間で無線通話をしていた。私の会社とお昌さんの会社は別々のタクシー会社だったが双方のタク

シーの運転手は私の横を通る際には無線で誰かとやり取りをしていた。後日、なじみの運転手のタクシーに乗ると
「二つのタクシー会社の運ちゃん達は皆んなその話しっこ知ってるっきゃあ（知ってるよ）」
と冷やかされたものだった。

明かりがぽつりぽつりと灯った夜の街を抜けやがて道はこの先は空港しかないという一本道に出た。大きく曲がって道は登り坂となるのだが既に私はへとへとの状態だった。ふと近道をしたいという思いがよぎり田んぼを斜めに行こうと決めた。直角三角形の斜線は他の二辺の和より短いという論法だ。しかしそれは明らかに失敗だった。あぜ道がぬかるんでいて靴が直ぐに抜けて走るのはおろか靴下のまま抜き足差し足で進むのがやっとだった。やっとの思いで舗装道路に出て坂道を登りきると平坦な場所に出た。高台に位置して山中の航空母艦と言われる青森空港だ。空港の建物がぽつんと在るだけだ。

空港の正面玄関の前に白とブルーのタクシーが無灯火で一台だけ止まっていた。お昌さんの会社と契約しているタクシー会社の車だ。靴を両手に足元は泥だらけの所謂足袋はだしの若い男がヘロヘロの状態で空港にたどり着いたのだ。運転手は直ぐに気付いたのだろう。ヘッドラ

イトが灯った。タクシーに近づくと運転手は軽く会釈をしてドアを開けた。私は無言でお昌さんの隣に座った。彼はぐっすり眠っていたのだろう。眠そうな目のまま私の方を向いて呟くように

「遅かったじゃあ」

とぼそりと言った。ひょっとしたらこれも津軽人特有の負けを認めたくない強がりと照れ隠しだったのかも知れない。

運転手が遠慮がちに

「どちら迄え」

と語尾を伸ばしながら聞いて来た。

「家さ（うち）行ってけろ（くれ）」

それから私に向かって

「女房から貰うはんでの（からな）」

と彼は言った。

お昌さんの家は市街地を挟んで空港とは反対の方角に在ったため三十分以上は掛かったが車中二人は殆ど会話をしなかった。私も疲れから直ぐにウトウトし始めた。

東の空は白々と明け始めて来たが生垣に囲まれたお昌さんの家の玄関は薄暗く玄関の中は真っ暗だった。

お昌さんは

「せばの」

と決してさようならではない再会が前提となった津軽の簡便な別れの挨拶を短く発し私と顔を合わせる事無く後ろ向きのまま奥に引っ込んだ。そしてそのまま再び出て来る事はなかった。

所在投げに玄関の中で突っ立って待っていると寝間着のままの夫人が出てきて四つ折りにした五千円札を黙って私に差し出した。

恐らく夫人のへそくりだったに違いない。

私は軽く一礼をしてそれを受け取った。私が玄関を出るまで夫人は全く表情を変えず無言のままだった。

私は外に出ると自分のアパートに帰るより社の方が近いと社迄歩いて行った。その日は出勤ギリギリ迄、技術員やアナウンサーが宿直する社の蚕棚で寝た。

筆者注

青森市の観光案内には青森駅から空港まで一四キロとある。従って私の走った距離は店から途中、足袋を借りに寄った分を加算すると凡そ一五〜六キロとなろうか。

誘拐事件

お昌さんと私がお互いを信頼するに足ると思った出来事がいわゆるサツ回り時代にもう一つ有った。それは昭和四十X年にZ市で起きた幼女誘拐事件がきっかけだった。

本格的な誘拐協定が結ばれたのは昭和三十八年東京で起きた有名な吉展ちゃん事件で、それから数年経っていたがZ市で起きたその事件は誘拐事件か単なる行方不明事件かはっきりしなかった事もあり少なくとも青森県警と記者クラブとの協定はあいまいな形で結ばれた。とにかく警察発表までは報道を差し控えるというだけで協定解除の規定は明確になっていなかった。地元紙もわが社も勿論、全国紙の支局長クラスも県警にとっても報道協定は初めての経験だった。

警察から充分な情報提供もないまま事件は程なくして行方不明の幼女が夜になって自宅近くで無事発見されて事件は解決した。

夕方のメインのニュースの時間は過ぎていたが当然のごとくわが社とお昌さんの会社はいわゆる速報した。ところがこれに腹を立てたのが新聞各社だった。朝刊が出る時間、つまり放送会社と通信社は朝まで報道を控えるべきだったというのである。今では信じられないことだが当時はそんなべらぼうな主張が通るほど新聞サイドの力が強かったのだ。結局、翌日記者クラブ総会が開かれた。新聞各社の主張が如何に理不尽であるかを私は力説したが新聞各社の理解はなかなか得られなかった。その時である。地元紙の古株が私を孤立させようとしたのだろう、いきなりお昌さんに話を振ったのである。

「お昌よ、おめえもそう思うべえ？」

お昌さんの会社はその古株が所属する地元紙の大先輩であり現職の知事でもある竹内俊吉が会長だ。しかもお昌さんはその甥っ子なのだ。お昌さんの会社の昼のニュースのタイトルは始まって以来、半世紀以上経った今でも地元新聞社の名前を冠したニュースだ。お昌さんにプレッシャーが掛かるのは百も承知だろう。いつもは饒舌な位のお昌さんは総会が始まってから未だ一言も発っしていなかった。彼が何を言うか。その発言にクラブの全員が注目した。

「もともと子供の安全を守るために協定結んだんだべえ、無事発見されたら即、協定解除は当然だっきゃ（だろう）」

ときっぱりと言い切った。地元紙の古株はムッとした顔で
「決だ決だ。総会開いてN社は除名だ」

と叫んだ。

結局、私が退席した後の多数決でわが社だけがペナルティを喰らい二か月の記者クラブ除名となった。新聞各社にとっては放送会社の二社は同罪のはずだが地元紙の古株は竹内俊吉が会長の民放を除名にする勇気は無かったのだろう。クラブ除名となれば当然記者クラブには出入りは出来ない。記者クラブでの発表モノは個別に県警の各部署や県内の各警察署毎に取材しなければならない。

当然の事ながらこれまで以上に各部署を細目に取材した。除名期間中は警察担当を離れていた先輩記者の応援も求めた。警察の幹部職員は殆どがわが社の除名の事は知っていて同情を寄せてくれた。お陰で期間中に他社が知らない案件を二件ほど入手出来た。ローカルニュースのトップを飾らせて貰ったのは言うまでもない。

またこのささやかな特ダネを温厚なクリスチャンで子沢山、部下からはオドやんと呼ばれ親しまれていた上司の放送部長が涙を流して喜んでくれた。全国各県には支局長会なるものがあるがわが社からは局長もしくは放送部長が出席する。この支局長会でもこの誘拐事件は正式議

題になり多勢に無勢、孤立無援だったという。そういうものが綯い交ぜになっていたのだろう私に対するシンパシーもあって涙を流して喜んでくれたのだと思う。

又、それほどローカルの各社にとって誘拐事件とは社を挙げて取り組むべき大事件なのである。

こういうチョットした特ダネの連発という副産物の効果なのか、ともかくN社に余り仕事されても困るとでも思われたのだろう、除名期間が半減されて一カ月に減刑された。お昌さん達良識派常識派も尽力してくれたと聞いている。

この件でその後お昌さんと話しをした事はない。しかし二人の記憶の奥に叩き込まれたのは間違いない。とりわけ彼にとっては地元新聞との決別の意味がありと忘れる事の出来ない事件だったはずである。

性格起因

お昌さんのその様な立ち居振る舞いは何に起因するのだろうか。私は最初の頃は多分に津軽人特有のものと思っていたがどうもそれだけではない様な気がする。

彼は終戦の三年前、通信社の記者だった父親の転勤先の中国天津で生まれていて私より一つ歳上だ。その後、父親は青森県の地元紙T社の記者となりその時の同僚だったのが後に青森県の巨人と言ってもよい竹内俊吉である。苦学をして中学を卒業後T社の記者となり、やがて取締役を経て津軽選出の代議士となる。

そして、その頃日本各地で勃興してきた民間放送を立ち上げ社長、会長を勤めた。そしてその身分のまま青森県の知事を三期務めた。竹内は未だに賛否の意見はあるものの現在の核燃施設を始めとするむつ小川原開発を貧農県からの脱却のため必要だとして熱心に推進した。ただそれだけでは竹内の名声は今に続かない。政財界人としてだけでなく文化人としても一家言を持ち世界の板（版）画家として知られる棟方志功とは幼馴染であり且つ彼の才能の発掘者でもある。純粋無垢で世知に疎い棟方夫妻を陰に陽に支えたのも竹内であった。

竹内はそれだけではない自ら歌人でありなんと新聞の連載小説まで発表しているのである。その竹内に嫁いだのがお昌さんの父親の姉であった。つまりお昌さんは竹内俊吉の義理の甥っ子でもあるのだ。お昌さんは東京の私立大学を卒業後ジャーナリストを目指し全国紙、民放のネット局、他県の地方紙を受けたが最終面接まで行った所は複数有ったものの合格したところは無かったという。

そして迷ったあげく竹内が会長をしている当時は一つしかなかった地元民放を受けたのである。お昌さんによると試験会場でも面接会場でも周りは当然分かってますよと言わんばかりの応対で逆に居心地がとても悪かったらしい。

お昌さんは入社後は他の民放と同じように営業、制作等何でも熟した後、念願の記者となった。丁度その頃、私と県警記者クラブで遭遇するのである。

会社の同僚によるとお昌さんはどの部署でも決して上司にゴマすらずマイペースで仕事を進めたらしい。竹内俊吉の威光を借りるような事は金輪際無かったそうである。お昌さんの矜持と正義感がそうさせたのに違いない。

それが最も色濃く出たのが組合活動だろう。出来て間もない会社である。当然、労働組合は無い。お昌さんは東京の民放労連にも赴きいろいろなノウハウを学びキイ局以外で民放初の労働組合を一から作るのである。そして初代委員長を務めた。

経営側にとって労働組合は決して歓迎すべきものではなかろう。竹内俊吉は労働組合設立をどの様な気持ちで聞いたのだろうか。新しく出来た労働組合が他の民放の様な単なる御用組合で無く節度ある労使関係で有ったのは言うまでもない。

その事はその後のお昌さんの人事と行く末を見れば明らかであろう。組合を後輩たちに任せた後、彼は社史の編纂の仕事をしながら定年を迎えている。その間、誰に媚びることなく悠々と会社の禄を食んだ。当然、幾つかある民放の関連会社にも再就職はしていない。それはただ彼がそういう男なのだと言うしかないだろう。

Y夫人

その後、私は六年の青森勤務を終え東京に異動した。警視庁や検察庁、国税庁を終えた後の防衛省の前身、防衛庁を担当するようになった。その時、海上自衛隊の対潜哨戒機P2Jに同乗して北海道納沙布岬沖の流氷観測の体験をした。P2Jの離発着は八戸基地だった事から、帰路は私だけ同行記者団と離れお昌さんの待つ青森に向かった。

駅近くにホテルを取り、直ぐに彼に電話をした。彼が指定した店に向かいカウンターで独り新鮮な酢だこを肴に熱燗を飲んでいると彼はあろうことか夫人を同伴して現れた。彼の性格と日頃の飲酒スタイルのからして夫人同伴で居酒屋に現れる事は先ずない。店の主人も驚いた様だったがカウンターの角に当たる席にお昌さんを座らせ私と夫人もお互いの顔が見える配置にした。

私と彼女が会うのは前述したお昌さんとの賭けマラソン以来である。彼女と私は実は同じ九州福岡の出身である事はお昌さんから聞いて知っていた。同郷だったのだ。明けっぴろげで脇の甘い所は似ているのである。

彼女が

「ホントにあの時は腹立ちましたけどねえ」とさらりと言ったことで三人は大笑いをしてすっかり打ち解けた。

お昌さんが夫人を連れて来た理由は私と彼女の言ってみれば手打ち式の他にもう一つ有った。彼女は大学では栄養学を専門に学んでいた。お昌さんと結婚して一男一女を育て上げた後、彼女は友人と県内の小中学校の栄養士さん達の協会を設立するかどうかで迷っていると言うのである。元より私にそんな業界の知識が有ろうはずはない。酒の酔いも手伝って根拠もなく県内に協会がないならあった方が良い、いや必要だとアジっただけだった。

だが後日、聞いたところによると協会はそれから間もなく立派に設立され彼女は亡くなる直前までの数年間、会長を勤めた。

これも後日談だが彼から分厚い青森県内の名士を網羅した人名録を見せられた事が有った。そこにお昌さんの夫人は写真付きで掲載されていた。彼は

「そこにわ（俺）の事も載ってるべ」

と薄ら笑いを浮かべながら私に向かって言った。人名録の文末には夫、昌。と二字だけが印刷されていた。

私はその後、二人で飲み始める際の前口上には盃を掲げながら

「夫、昌さんに乾杯」

のセリフをしばしば用いたのだった。

仏壇事件

現役時代の私達二人はそれぞれの持ち場での仕事に没頭した。企業としても最も使い勝手の良い年代でもあったろうか。

お昌さんは地方の民放としては全国で最も早くスタートした生によるニュースのワイドショウ制作の第一線で活躍した。私もロッキード事件や政治家や大企業の脱税事件それに昭和天皇崩御の報道等に一心に関わった。

そして、二人はニュースマンとして燃焼し尽くしてやがて定年を迎えた。私はその間に三度の地方勤務と雲仙普賢岳の大火砕流で部下の職員二人を亡くすという痛恨事も経験した。

私は定年後も新人教育の場である研修センターにしばらくの間、身を置いた。しかしお昌さんは関連の企業等には行かず悠々自適の生活に入った。私は彼らしい選択だなあと思っていた。

私たちはその後もお互い思い出したようにではあるが電話での連絡は取り合っていた。又ある時には私の青森時代にお世話になったデスクの葬儀が弘前市で行われた際にはお昌さんの所に三泊させて貰ったりしていた。

恐らくこの頃だと思われる時節にお昌さんはある事件を起こす。先祖伝来とはいかなくとも少なくとも彼の子ども時代には在った仏壇を叩き壊して廃棄したのである。彼の姉妹や娘のアキちゃんに聞いても、うんそんな事有ったみたいね位の返事しか返ってこない。私自身も彼に詳しくは問い質していないのだ。

押入れの縦半分ほどの空間が有ればすっぽり入るほどの大きさで取り分け絢爛豪華でもなく観音開きの普通の仏壇だったという。

お昌邸のダイニングキッチンの食器棚の隣には高さ四〇センチほどの木肌をニスで塗った木製のボックスが置いてある。私はコップ類でも入っていると思っていて気にも留めていなかったが、ある日観音開きの戸を開けてみると中には何も入ってなくて全くの伽藍洞であった。私もさすがにアレッと思い透かさず聞いた。

「お昌さん、これ何よ？」

「仏壇だねえ（だよう）」

「何も入ってねえじゃん」

「色即是空の空だべ」

私は絶句したが彼はそれ以上は答えず力なく苦笑するのみだった。

お昌さんが禅をやるとも聞いてないし、そもそも彼と宗教論議をした事もない。だがそこで始めて彼が元々家に在った仏壇を叩き壊した事を聞いた。そして代わりに簡易仏壇を一応買ったのだという。彼は止む無く買った事を強調したかったのか一応なという言葉を二度繰り返した。しかしそれ以上、彼は仏壇事件について踏み込む事はしなかったし私も追及しなかった。彼の方にもそれ以上の会話を望まない雰囲気が有った。

丁度その時正午のニュースが始まり彼は私の昼食の準備のためキッチンに向かった。酒飲みの中には私もそうだが飲んだら食べないという人は決して少なくない。彼も自分で料理を作って振舞うのはよくやったが自分では殆ど食べなかった。健全な酒道からは遠い位置にあったと言うべきだろう。従ってその頃、お昌さんのアルコールが切れるのは登山で山中に居る時位だったのではなかろうか。そしてアルコール中毒の極限の症状とも言うべき妄想が現れるまでに四～五年の月日が有れば充分だったのではなかろうか。

その頃の私とお昌さんの付き合いは時々の電話と年賀状のやり取り位でお昌さんの苦悩などは知る由も無かったのである。

これも後日談だが空っぽの仏壇が余りにも奇異に見えたので私は当時仏像教室で習い始めて二年程経った頃に彫ったお地蔵さんの仏頭を彼に渡した事がある。

仏頭は当初の頃は仏壇の中に納まっていたが次に行った時には居間の書棚の脇の電話機の傍に置いてあった。彼に尋ねると
「やはり野に置け蓮華草、やはり野に置けお地蔵さんだっきゃ（だろう）」

と言ってにやりと笑った。

彼がそのお地蔵さんを気に入ってくれたであろう事は彼が送ってくれた写真二葉からでも分かる。

それはもみの木の葉の間からにゅっと顔だけを覗かせたお地蔵さんとお茶の葉っぱを身に纏うようにして顔を出したお地蔵さんの頭にかんざしのようにお茶の花が掛かるようになった写真二葉である。いずれも立木であり、尚且つその様な構図の場所を探すのはそう容易ではなかったはずである。

その写真の日付を見ると二〇一八年八月十三日となっていた。お盆の入りの日である。決して偶然ではあるまい。

私はこの二葉の写真を書斎の机のビニールカバーの下に入れて写真を貰った直後から大事に

している。

怪電話

ところがそんなある日、私の携帯にお昌さんからいきなり電話が掛かって来た。秋の旅行シーズンも終盤に近い十一月初旬の夜八時過ぎだった。

北陸地方の名山に単独で登山をした後、今はホテルのベッドの上に座って居るという事だった。山はどうだったと聞くと人も殆ど居なくて秋の山を満喫出来たという事だった。間もなく冬山だなとまあ通り一編の当たり障りのない会話をした。

古い街並みと新鮮な海産物が売り物の呑ん兵衛なら誰しも憧れる飲み屋街からの撤退にしてはずいぶん早い時間だ。其の事を尋ねると今日は飲みには出なかったと言うではないか。いぶかしく思って更に尋ねると

「警察さ寄って説明したんだけんどもどうも話しっこ通じねんだねえ」

彼には若い頃の武勇伝も幾つかある。拳が人よりも大きいのが自慢で腕力も強い。知らない

街でトラブルに巻き込まれた可能性は充分にある。

「えっ、警察？　何やらかしたんだい？」

先ず、彼の言い分を聞こうと思った。

「見てまったんだねえ」

「何を」

「誘拐事件さ」

「ええっ、誘拐事件？　何処で？」

「駅前で、女子中学生か女子高生がタクシーで連れ去れるところさ見てまったんだねえ」

「そりゃあ大変じゃん」

「だはんで（だから）警察行ったじゃあ」

私も半信半疑だったが警察では二～三時間掛けて状況を説明したという。二人ともかつては事件記者でいわゆる発生モノには瞬発的に反応する癖がある。だが私はハタと気付いた。どうして彼が誘拐事件と思うに至ったかの根拠だ。

「なして誘拐と思ったのよ」

「あれは誘拐に決まってるさあ、無理やりだったじゃあ」

細部になるとややあいまいな説明しかなく具体性に欠けた。この辺りになると警察も事件記者も余り変わりはない。誘拐犯の人相風体を詳しく聞く。

「ここさ来てみろじゃ、ちゃんと見えるはんで（見えるから）」

「えっ、どういう事？」

「壁さ写ってるんだねえ。犯人の顔さ写ってるんだじゃあ」

「今でも？」

「ああ、ここさ来てみろ」

私はお昌さんの異常を確信した。警察も事情は聞いたものの事件性なしとして最後は体よく彼を追い出したのに違いない。そして私は今は彼を深追いしない事に決めた。

「お昌さん、今後の日程はどうなってるの」

「山は登ったはんで（から）明日帰るじゃ」

列車の名前と出発時間を聞いてメモをした。先ずは彼をいち早く故郷の青森に戻さなければならない。

緊急通報

お昌さんの一人暮らしの住まいの近くに五十を過ぎたばかりの娘さん夫婦が暮らしている。一度だけ彼の家で会った時に電話番号を交換したはずだ。スマホの電話帳を開くとお昌さんの名前の下に娘さんの名前と電話番号が在った。

手短にお昌さんが今、北陸のホテルに居てちょっと様子がおかしい。青森駅に迎えに行かれた方が良いと進言した。最初、娘さんは私からの夜の電話に驚いた様子で何の事か状況が飲み込めない感じだったが最後は役所勤めの職業婦人らしくきっぱりとした口調で私に対して一報のお礼とこれから父に電話しますと言って電話を切った。お昌さんは翌日、途中八戸駅から新幹線に乗り込んだ娘さんと言ってみれば箱乗りして青森に向かった。

筆者注・箱乗り

刑事や記者が護送中の犯人や有名人と列車の車両（箱）に同乗する事

最近では暴走族の若者が走行中の車の窓から身を乗り出す事にも使う

お昌さんが元気なうちは私達は言わば青春の続きを二人でやっていれば良かったがこれからはお昌さんがこの世を去る迄この娘さんが大きな役目を果たす事になる。お昌さんは娘さんの事をアキと呼んだ。私もそれに倣って彼女の事をアキちゃんと呼ぶ事にした。

青森駅に着いたお昌さんとアキちゃんは市郊外にある精神科のクリニックに直行した。病院では型通りの血液検査と問診の後、院長は身体と心を休める意味でしばらく入院しましょうと告げた。病名はアルコール依存症。いわゆるアル中である。意外にもお昌さんは入院に素直に応じたという。心身ともに疲れ果て暫くゆっくりしようとでも思っていたのかも知れない。またその病院の分院で長年来患っていた痔の手術も行ったため入院は合わせて三か月近くになった。

もちろん、その期間のアルコールは一切禁止。お昌さんは元々アルコールには滅法強かった。腰を据えて飲めばウイスキーのボトル一本は誇張なしに平気だった。そういう男が酒を三か月間、一滴も飲まなかったのである。身体はみるみる回復した。妄想も全く無くなった。肝臓の検査数値も見違えるほど良くなった。

退院後は山好きの趣味を活かして八甲田山の山頂近くの観光案内をボランティアでするようになった。山頂までロープウェイで上がって来た人のうち希望者に山頂付近を徒歩で案内する仕事である。私も一回だけ同行したが植物好きの年配の女性や小中学生が中心で体力的にも全く負担にはならなかった。むしろ山男には物足らない仕事量だったろう。

丁度その頃、ＪＲの年寄り割引切符が発売された。ジパングと銘打って年会費さえ支払えば年三回、旅行シーズンと次のシーズンの狭間に売り出される格安切符だった。有り難い事に新幹線の指定席も無料であった。切符は四日間有効。私はこの制度を丸々利用して年三回お昌邸に三泊四日した。男やもめに蛆が湧くと言うが其の様な事は全くなく部屋にはちり一つ落ちてない清潔さであった。又、山男の多くがそうであるように彼も料理好きであった。脂っこいものが苦手で小食の私に合うような献立もきちんと用意された。私はお昌見回り隊と自らを称していたがその必要は全くなかった。ただ気がかりなのはやはりアルコール、酒の事だった。彼は朝から缶ビールを飲む。もっとも最近は価格の安い発泡酒だが。それも五００㎖入りを六本である。殆ど主食に近い。医者にも報告していると言う。定期的に病院に通い薬も処方されている。二日酔いだった私に

「ホイ。これ飲みへえ、幾らか楽になるっきゃ（なるだろう）」

と病院で処方された肝臓の薬を投げて寄越してくれた事もある。アキちゃんの話によれば丁度バランスが取れているんでしょうねと言う事だった。彼も以前のように酒なら何でもござれという感じではない。決して他の種類の酒を飲まないし、又飲む気もしないと言う。それで要望があれば春から秋にかけて山岳ボランティアを十年以上やっているのだ。やはり傑物怪物と言わざるを得ない。

突然の来訪

　クリニックに定期的に通いながらも八甲田山のボランティアガイドでお昌さんは落ち着いた生活を送っていた。

　そしていつもの近況報告のつもりで私は前立腺がんの全摘手術を先日受けたよとお昌さんに電話で伝えた。次のジパングの季節には又お世話になるから宜しくねとも伝え、尿漏れは有るもののがん再発の恐れは先ず無いよとの意も含めた積りだった。

　しかしお昌さんは二日後には我が家の最寄り駅に現れた。いきなり電話で、今からタクシーで行くから近くの目印の場所を教えろ、そこまで迎えに来て欲しいと伝えて来た。

　私は自宅から歩いて数分のバス停の名前を教えて、早速迎えに出向いた。タクシーから降り立ったのはボランティアガイドの恰好から名札を取り外しただけのお昌さんだった。

　紙袋からは大判の地図のコピーが何枚も無造作に突っ込んであった。恐らく慌てて準備をしたのであろう。山のガイドはしてるが地上のしかも街中については全くの不案内の様が伝わるではないか。

我が家に着いてもカミさんの出したお茶にも手を付けず直ぐに帰ると言い出した。私は俺は飲めないけどまああビールでも一杯、そして今夜は泊って行けよと誘ってみた。いやいや俺はこれから同じ常磐線の沿線に住んでる妹の所に行く。お前の無事を確認したかっただけだと言って誘いには乗って来なかった。そして、これはお土産だと言って酒造会社が宣伝用に使うウィスキーボトルのミニュチア版をニヤリと笑って差し出した。暫くは飲めないだろうからこれで我慢しろやとのジョークの積りらしい。

帰る意思は固そうなのでカミさんの運転で最寄り駅まで送って行った。電話から引き上げるまで二時間以内という慌ただしさだった。お昌さんらしいと言えばお昌さんらしい若干の照れも含んだ私への見舞いだった。

女跳人

私が癌の手術を受けた後のお昌さんとの付き合いの中で幾らかでも華やいだものがあるとすれば私の教え子たちのねぶた参加であろうか。

私は定年後の五年程を会社の外郭団体である新人ジャーナリストの研修所で過ごした。教え子の数も三百人は超えていようか。授業の後の各種懇親会も私はほぼ皆勤した。その時の話の中で私の初任地が青森であり今でも津軽の人達との交流を大事にしているとでも話したのであろう。多分、お昌さんの事も俺の定宿位にホラを吹いた可能性は充分にある。

それらを聞いていたであろう教え子の一人の女性から電話があった。同じ教え子でも女子は概して私に気安い。研修を終えて現場に出れば間違いなく女子は男子より苦労する。

それは体力の問題だけでなく日本が世界でも指折りの男性優遇社会の弊害もあろう。其処に周辺環境の思いやりのなさが加われば女子は一溜まりもない。教え子の中には都知事選挙と参議院選挙の取材が重なり労働基準監督署によって過労死認定された女性記者もいた。彼女は幸せ真っ只中の婚約中であり三十一歳の若さだった。

私はせめて研修期間中位は女子に優しく人間らしく接しようと思いを決めていたが其のせいもあるのかもしれない。

研修期間中はもちろん生徒たちは私に対して先生と呼ぶが勤務地に赴任した以降は大概私の姓をさん付けで呼んだ。それは、もちろん研修が終わった時点で会社の同僚になるからでもあるが。酒でも入ろうものなら名前の呼び捨てである。先生呼ばわりの時は大抵が頼み事だ。

「先生、お元気でしょうか」

「おお、久しぶりだな。どうした?」

「実は今、東北を友達と二人で旅行中なんです。先生、青森に親しい方がいらっしゃいましたよね?」

「うん、居るよ。それがどうした?」

「予定には入れてなかったんですが連れの友達がどうしてもねぶたが見たいって言うんですよ。そのお友達の家に泊めて頂く訳には行きませんでしょうか?」

「えっ、ねぶたってお前、明日からじゃないか」

「ええ、私も青森に勤務した事あるからねぶた直前は合法的には無理だと分ってるんでアングラで、ダメ元でお願いしてるんです」

「お前、アングラって言ってもなあ……」

しかし無下に断るのも可哀想な気がした。

「一応聞いてみるけどな。友達って男じゃないだろうな？」

「いえいえ、同期の女性です。職種は違うけど先生もご存じのMちゃんですよ」

そのMは研修時代の職種を越えた懇親会の席でも美形で明るい性格なだけに男性研修生の人気の的だった。

私自身もねぶた直前の宿の確保はホテル旅館はもちろん親戚や知り合いを頼っても難しいと知っているだけに全く自信は無かったが直ぐにお昌さんに電話した。

しかし驚いた事に、お昌さんはあっさりと飯は朝食だけでいいなら受けるよ、という事だった。但し、お前も来る事が条件だと言った。えっ、俺もかと一瞬思ったが無理もあるまい。妙齢の独身女性二人を泊めるんだもんな。私も覚悟した。明日の早朝発の新幹線自由席で行くしかあるまい。そして集合場所を私の青森時代からなじみの女将が経営する居酒屋に午後六時と決めた。

その店はねぶた運行の最終ゴール近くに在った。其処に到達すると各ねぶたはねぶたの車庫であるねぶた小屋へ戻る。跳人達は流れ解散になるのだが興奮の極致にある跳人の多くはねぶた行列が未だ続いている街中に戻り、別の跳人集団に潜り込み再び跳ねるか馴染みの居酒屋、寿司屋、レストランにくりだすのだ。

その店の女将はお昌さんも先刻承知の女性だ。私とお昌さんが新人時代からの知り合いで若いころは青森には二軒しか無かったモダンジャズを専門に聴かせるスナックを一人で経営していた。一旦結婚して水商売から身を引いたが数年して亭主と別れ再び開いたのが今の店だった。五、六人が座れるカウンター席とテーブル席五卓と二階には宴会も開かれる座敷が二つ在った。正式の板前とお手伝いの年配女性を雇った小料理屋以上料亭以下と言ったところの純和風の店だった。市内の大抵のタクシー運転手は店の名前を知っており店の名前を言えば青森駅から一〇分ほどで着く。

私とお昌さんは予定より三〇分ほど早く店に着きそれぞれの酒で再会を祝して乾杯をした。教え子二人は計ったように約束の六時に店の前にタクシーを止めて店に入って来た。

二人ともGパンにポロシャツ、手には似た様なリュックを下げていた。

私とお昌さんの間のカウンター席に二人を座らせ形道理の挨拶と乾杯をした。その頃にはもう充分にねぶた囃と大太鼓の音が店に届いていた。女将が二人に聞いた。

「あんただち、もうねぶた見たんだか？」

「いえ未だです」

すかさずMが答えた。

「うんだば今すぐ連れて行って貰いへえ」

女将はそう言うだろうと思っていたがねぶた嫌いのお昌さんがどう反応するかが若干不安ではあった。その反面、お昌さんの二人に対する言動から娘さんより一〇歳ほど下の二人に悪い印象は持ってないと思っていた。お昌さんは武骨一辺倒の男と思われがちだが会社ではニュース番組の制作者として若い女性キャスターの相手もしたはずであり若い女性に対する扱いは役人や警察官に自衛官としか付き合って来なかった私より遥かに上手であろう。

その頃の私は前立腺の全摘手術を受けて一年以上経っていたが尿の排泄が上手く行かずトイレが近くに無いと不安な事もあって二人のねぶた見物引率はお昌さんが一人で引き受けてくれた。私は店に残り久しぶりに会った女将との会話を楽しもうと思っていたが既に何組かの客が入り始め女将はその対応で大忙しであった。祭りの喧騒が持ち込まれた店の中で一人飲むのもなかなか乙なものである。私は山菜のミズのお浸しと冷ややっこで静かに盃を重ねて三人の帰りを待った。

一時間以上経ったところであろうか三人はお昌さんを含めて上機嫌で戻って来た。お昌さんはねぶた嫌いで通っては居てもねぶたに関する知識は豊富だ。ねぶたは初めてというMもたっぷりねぶた情報を得たに違いない。

ただ、ここで困った事が起きた。何事にも積極的なMがどうしてもねぶたが跳ねたいと言い出したのだ。お昌さんも現役の頃ならいざ知らず今日の明日でねぶた衣装を二つそろえるのは無理だ。四人での相談事が大声になったのであろう女将がカウンター席に現れた。私は思い切って悩みを打ち明けた。すると女将は厨房に一旦引き下がって二～三か所携帯で電話した後再びカウンター席に現れて
「用意出来るはんで（出来るから）明日の夕方五時頃店に来（こ）いへえ（来なさい）二階で着付けもして上げるはんでの（してあげるからね）但し、花笠は勘弁してけろ（かんべんしてね）」

二人は歓声を上げて喜んだ。お昌さんもすかさず言った。

「あったら物（あんな物）、素人が被るんだじゃ。邪魔になるだけだはんでの（なるだけだからね）別嬪は素顔で勝負だじゃあ」

と調子よく合いの手を入れた。四人の酒のお代わりが進んだのは言うまでもない。恐らくお

昌さんがこんなに個人的にねぶたに関わったのはこれまで無かったのではないか。少なくとも私の知っている範囲では無い。

一〇時過ぎに四人は店を出てお昌さんの自宅に向かった。お昌さんは家に着くとするめとビスケットそれに缶ビールと焼酎をテーブルに出して簡単な宴の準備をした後、風呂と寝床の用意に取り掛かった。

一番風呂は私が入ったが後に入る客人のために私はシャワーだけで済まし湯舟には入らなかった。そして寝室は私とお昌さんは一階、客人は二階にして休むことにした。私とお昌さんは客人が二階に引き上げた後も二人でチビリチビリやっていたが二階の客人たちもかなり遅くまで話して居た様だった。

翌日、お昌さんは四人分の朝食を用意していた。ご飯に味噌汁、トーストにまあインスタントではあるがコンソメスープ。つまり和洋どちらでも良いようにしたのである。朝食だけは私のお昌邸訪問時より丁寧であったが新聞はいつものように地元紙とスポーツ紙含め五紙が揃えられていた。

私とお昌さんは朝のニュースを見ながら二人が下りてくるのを待った。二人は朝食を済ませると市内の見学に出発した。

私とお昌さんは約束の五時に間に合うようにとバスの時刻表を見てお昌邸を出た。店は既に店の前の道路の打ち水も済ませてあり暖簾も下りていた。

二人はその日も五時きっかりに店の前でタクシーを降り店に入って来た。棟方志功記念館をたっぷり堪能して来たという。志功はねぶた好きだったらしいですねと青森が初めてのMが興奮気味に話した。志功ファンでもあるお昌さんは何か話したそうであったが女将と話しをしていた青森勤務中にねぶた経験のある相棒が着替えに行くよと告げに来て二人は女将に続いて二階に上がって行った。

私とお昌さんはいつものようにカウンター席でビールを飲みながら二人を待った。小一時間ほど経っていたろうか二人は艶やかなねぶた衣装で下りて来た。役者絵をアレンジした模様の入った揃いの浴衣にピンクの腰巻。肩からは赤いたすきを掛けて額には豆絞りの手ぬぐいをバンダナ風に結んでいた。

二人が跳ねるのは私の時もそうだったが青森市役所が出すねぶただった。ほぼ全員が転勤族の記者仲間も殆どが市役所ねぶたに集まって来る。元よりねぶたは阿波踊りの連と違って決まった振付があるわけでは無い。ねぶた囃しのリズムに合わせてそれこそ飛び跳ねていれば良いのだからどの集団でも構わないのだがスタートはやはりどこかの集団に属していた方がねぶた独特の雰囲気に乗り易いのである。

私とお昌さんは二人の滑り出し迄は見届けようと四人で連れ立って店を出た。路地を二本ほど曲がればスタート地点の国道へ出る。

暮れなずむ時間であり、ねぶた囃しの笛の音と腹にずしんずしんと響く大太鼓の音が次第に大きくなった。二人の女跳人の口が無口になり興奮が高まっていくのが態度で見てとれる。とりわけ初めて跳ねるMの頬は既に真っ赤に紅潮していた。

市役所の大ねぶたは丸に七つの突角を持つ星のマークをあしらった揃いの浴衣の集団を探せば直ぐに見つかる。ねぶた嫌いなのにやたらねぶたに詳しいお昌さんの薦めで二人は集団の先頭に近い子供ねぶたの直ぐ後の塊に入って行った。お昌さんによればその周辺は酔っ払いが少ないから初心者向きだという。確かにどのねぶたも最後尾には酒樽を積んだリヤカーが引かれてはいる。腰から垂らした容器にもなるガガシコに注げば幾らでも酒は飲める。呑ん兵衛にはは堪らない。しかし飲んだアルコールは思いっきり跳ねる事によって全身から噴き出す汗であっと言う間に吹っ飛ぶのだ。

市役所ねぶたと前のねぶたの間が開いてかなりの空間が出来たところで市役所のねぶたがゆっくり動き出した。二人は既に集団の輪の中で何度か跳ねていた。ねぶたは初めてのMも全く違和感なく溶け込んでいた。ねぶた衣装さえ着ていれば誰でも瞬時に輪の中に入って行けるのがねぶたの良いところで醍醐味でもあるのだ。お昌さんと私はMの初陣を見届けた所で女将の待つ店に引き返した。

店に戻ると既に二組ほどの客が居て女将は本来のキビキビした動きを見せていた。私とお昌さんはこのまま店に居てねぶたという宇宙空間に躍り出た二人を店に帰還する迄待つかどうかを決めかねていた。

そんな所在無げな我々二人を見て女将はきっぱりと宣うた。

「若い二人を規制せばまいね（駄目）じゃ。二人一緒に行動するかどうかだって分かんねえでばな（分からないじゃないか）」

仰る通りだ。年寄り二人は小一時間ほどしてお昌さんの自宅に舞い戻った。

私とお昌さんはいつものルーティンワークに戻りそれぞれの酒を飲み始めた。そして二人は一緒に戻って来るか、それともバラバラかなど他愛もない話しをしながら二人の朝帰りを覚悟した。

すると意外や意外!! 我々二人が飲み始めてから一時間もしない間に女跳人二人が姿を見せたのである。しかもMは相棒に肩を担がれ右足を引き摺りながらのご帰還であった。

取り敢えず二人はシャワーを浴びて着替えてから我々の前に現れた。短パン姿のMの右足の甲には白い包帯が痛々しく巻かれていた。

話しを聞くとねぶた運行の流れが国道からメインストリートの新町通りに曲がって間もなくしてねぶた囃しに合わせてステップを取っていたMの右足が飛び跳ねて着地した瞬間、右足甲の裏に激痛が走ったと言うのだ。新町通りに入ると道幅が狭くなりねぶたと観客の間がより密着する。跳人のボルテージも跳ね上がるのだ。手の抜き方を知らなかった初心者のMも無理をしたのかも知れない。

窮状を訴えたMに対して相棒の反応は素早く甲斐甲斐しかったらしい。Mの手を引いてねぶたの戦列を離れ近くの薬局に飛び込んだという。そういう手合いもまま居るのだろう薬局の主の処置は的確で素早ったという。

面白おかしく話す二人に我々早退組二人は大笑いをしながらも缶ビールのピッチが速い女跳人二人への給仕を相務めたのだった。

ねぶた嫌いを自他共に認めるお昌さん、仕事でねぶたに付き合う事は有ってもこれほど身近にねぶたに関わったのは恐らく子供時代以降で初めてではなかったろうか。

二人は翌日、十時頃に起きて来た。午後の新幹線に間に合わせるには十分なのであろう。朝昼一緒の食事が済むと客人二人は一斉に立ち上がり、一生の思い出を作って頂きましたからと昨晩から溜まっていた食器洗いを買って出た。お昌さんはいいよそったら事（そんな事）と言いつつも常備薬の缶酎ハイを啜りながら愛好を崩した。

客人二人は在来線の青森までタクシーで行く予定で我々二人も送って行く積りだった。しかしMの思わぬアクシデントのため車内は広い方が良いだろうという事でお昌さんだけが同乗する事になった。

お昌さんは出掛ける間際に私に対して

「俺とお前（めえ）からという事で駅前でお土産買って渡しとくはんでの（渡しておくからな）」

と女跳人二人の接待役の役目を無事終えたからだろう上機嫌で出かけて行った。

後日談として私はお昌さんの娘のアキちゃんから父は最晩年の頃、会社の後輩が立ち上げた子供ねぶたの会の会合に何度か顔を出してましたよと聞いた。私は当初驚いたが無邪気な子供ねぶたと聞いてなるほど、お昌さんは屈折したねぶたとの付き合いを子供時代からやり直そうとしてるんだなという思いに至り納得した。なんとも微笑ましい話しではないか。

生き死にレース

私達はその後も携帯電話を手軽に使ってお互いの消息を伝え合っていた。もっともお昌さんはお互いの安否確認電話と呼んではいたが……。その頃から私は携帯電話会社に一定の金額を払えばいくら通話しようが料金が変わらないというかけ放題プランというサービスを利用するようになっていた。

受話器を通じて私の耳に入ってくるお昌さんの声が去年（令和二年）の夏ごろから所々でかすれて良く聞き取れないことが度々起こるようになった。

私は嫌な予感がして何度目かの通話の後、ちょっと心配だから念のため検査した方が良いよと彼に伝えた。お昌さんは一笑に付して

「歳取ってくりゃ声位枯れるべなあ。お前（めえ）だって昔に比べりゃむったと（沢山）声かすれてるじゃあ」

と取り合わず更に付け加えた。

「うんだば（そんなら）お前（めえ）とどっちが長生きすっか競争すべえ、アル中が勝つかがん持ちが勝つか」

と言った後にかすれて乾いた感じの笑い声を立てていた。

その年の年寄り割引きチケットによるお昌さん訪問は9月末に実行した。風来坊がふらりと定宿に現れるが如く私は青森駅から市内循環バスに乗って夕方前にお昌邸に着くのが慣わしであった。お昌さんは私が腹が減っていると言えば夕食を出すし、そうでなければ早速、宴だ。酒は山仲間のおばさん達から貰ったという日本酒かワインだ。偶には洋酒もある。これはお前（めえ）用のストックだじゃと言いながらいつも床下収納庫から酒瓶を出して来るのだった。お昌さんは例によって主食の５００㎖入りの缶入り発泡酒でお相手だ。

その時の旅も二人は何処かに出かけるでもなく新聞やテレビを見ながらの時事放談会、文明批評会であっという間に四日間は過ぎ去った。ただその時の会話の中でふと妙な言葉を漏らすようになった。

「お前（めえ）の世話がいつまで出来っかなあ」

と言った事が妙に気になった。彼は私用の簡単なメニューを四日分、一応用意していたが最近そのアイディアがなかなか浮かばないと言うのだった。

　その頃のお昌詣での中一日はアキちゃんも来て宴を共にするのが常であったが、そのアキちゃんが私に最近の父はこれ迄とは何かが違う。昔の様なキビキビした感じが無くなったという。私からすればお互い様だと言いたいところだが娘から見ると違う視点があるのだろうか。私が帰った後の食器棚の中の食器の位置がいつもと違う時があるというのだ。

　老人特有の物忘れか疲労による日常行動の端折りなのか、あるいはその両方なのか、それは本人も自覚のしようが無い。この事は同年代の私なら良く分かる。

がん発覚

お昌さんの異変が明確な形で現れたのは令和二年一〇月の末になってからだった。それはやはりお昌さんが定期見回りと称するアキちゃんの様子見を兼ねたお昌邸訪問からだった。お昌邸に鍵は掛かっていない。アキちゃんは今晩わあとか来たようとか言ってそのままドアを開けて入って来る。いつもはお昌さんが在宅なら何らかの返事はあるがその日は応答が無かった。彼女は居間のドアを開けるとソファーにお昌さんが横になっていて悪ガキがいたずらを見つかった時に見せるようなバツの悪そうな表情で風邪だと思うけど声が出なくなったよとかすれた小声で言ったという。

その日は日曜日だったため翌日の十一月一日アキちゃんは早速、有無を言わさずお昌さんをアル中を始め肝臓などの内臓疾患も診て貰っているかかりつけ医の所へ連れて行った。

その日のうちに内視鏡検査をしたところ食道に明らかな異常が発見された。かかりつけ医はより詳しい検査を受けるためにと知り合いの県立病院のがんの専門医に紹介状を書いてくれた。

十一月に入って最初の週にお昌さんは県立病院で精密検査を受けた。その結果、食道がんと判明しがん細胞は既にリンパ腺から肺、肝臓にも転移している事が確認された。県病としても重症と判断したのであろう、お昌さんは三日後の十二日に入院した。

レース中止

入院してから三日目にお昌さんから電話が掛かって来た。入院生活のペースが掴めて来たのだろう。声は相変わらず枯れていて聞き取りにくかったが話しぶりそのものは落ち着いていた。部屋は相部屋だがお陰で退屈しないよ等の話の後、お昌さんは続けた。

「お前（めえ）とのあのレースはもう中止だなあ」

「えっ、何？　どうしたんだい？」

「だってよう、アル中とがん持ちの勝負なのに我（わ）のハンディが一つ増えて二つになったはんでの（からな）」

私はこれはお昌さんと彼の入院前に交わした会話の続きだと直ぐに理解した。

「そんなら俺もアル中になりゃいいんだな。そんなに時間取らせないよ」

と切り返すと

「お前（めえ）も言うなあ」
お昌さんはいつものくっくくという笑い声を立てたがその声はやはり軽くて乾いた響きしか無かった。

その年の十二月、例年通りお昌さんからリンゴが一箱送られて来た。彼が取材を通じて親しくなり退職後も付き合いを続けている農薬を一切使わないので有名な津軽のりんご農家が丹精込めて実らせた〝ふじ〟である。そのりんごは別格に美味い。それは時々我が家に遊びに来る三歳の孫がりんごを頬張った時の表情で分かる。三歳児でも他のりんごとの違いが識別出来るのだ。

お昌さんは今年も電話で注文したのだろうか。かすれた小声で相手に上手く通じただろうか。お昌さんは残念ながら携帯のメールはやらない。自分宛てに来たショートメールは読むのだが自分の方からは打たないというやや厄介なご仁なのだ。

アキちゃんも父が携帯メールをやってくれたらどんなに便利かなあと私にぼやいた事も有った。そんなことから最近の彼とのやり取りは私がメールをしてそれを見たお昌さんが都合の良い時に電話するという方法を取っていた。

そのやり方で私がりんごのお礼をメールしたところ全く音沙汰が無かった。

心配になりアキちゃんに連絡を取った。彼女とはもっぱらライン（Line）による通信、通話である。彼女からの返信は抗がん剤の副作用がちょっと酷かったのだと思いますという事だった。

しかし、アキちゃんが一番心配していたのはお昌さんが物を食べない事であった。普段でも極端に小食なのに入院中はそれに輪を掛けた。病院としてもなかなか退院に踏み切れないのだという。

暮れも差し迫ったある日、お昌さんから電話があり今後は自分の方から連絡するまでは電話しないでくれという注文だった。メールも開いて読むのが面倒くさいのでメールもいらないよという事だった。彼の弁によると少々ボケて来たからだと言うのだが……。

あるいは電話でのやり取りで難渋しているのを看護師さん達に見られて格好悪いとでも思ったのかも知れない。

お昌さんは病床での年越しと令和三年の年明けを迎えることになる。彼にそれを告げ少しでも同情を伝えればコロナ禍の今、これ以上安全な場所があるかいと言うに決まっているのだろうが……。

お見舞い

三月の半ば過ぎてアキちゃんからラインがあり都合の良い時に電話が欲しい旨が書いてあった。直ぐに電話をすると担当の医師から会わせたい人は三月中にと言われているという事だった。役所勤めの彼女の一番近い休みを挟んで三泊四日の日程を組んで見舞いに行くと返事をした。

新幹線の新青森駅に午後四時過ぎに着き迎えに来てくれたアキちゃん夫妻の車に乗ってお昌さんが入院している県立病院に向かった。

折からのコロナ禍のせいだろう。面会前の手続きは厳重であった。文書一枚の所定用紙に住所氏名はもちろん職業欄や現在加療中の病名、それに今朝の体温、既往歴等十数項目の空欄があった。その後、非接触型の検温器による体温の測定があって漸く検問通過であった。

個室に変わった病室ではお昌さんは病院の寝間着を着てベッドの上で寝ていた。お昌さんは私の病室訪問の許可を貰うために先に病棟に入っていたアキちゃんから事前に聞かされていたからであろうか私の顔を見ても特段驚く様子もなく大きな眼をギロリと動かして私を見た。こんなに端正な顔をしていたのかと思わせるほど人間臭の抜けた聖人の様な顔をしていた。声はかすれて小さかったがはっきりした声で言った。

いきなり私が所属していた会社の名前を冒頭で告げた後に

「おめえ、越権行為だべえ。それにしても良く入って来（こ）れたっきゃ（来れたなあ）」

これはコロナ禍なのに一見舞い客で良く入れたなあの意味なのか重篤の俺を家族以外のお前が良く病室に入れたなの意味かは分からなかったが私はすかさず

「なあに非常線突破は昔から俺、得意だっただろ」

と応じた。事件や事故が発生した際、警察はやじ馬防止の意味も兼ねて現場保存のためロープや赤いテープでいわゆる非常線を張る。なじみの警察官が居れば難なく中に入って現場に近づけるが面識のない警察官だとひと悶着が起こる。お昌さんはニヤリと笑って人差し指と親指で丸印を作って私にＯＫサインをして見せた。彼特有の皮肉とそれを返した私の冗談を理解している。久しぶりに会った友人に先制パンチを喰らわすのは彼の得意技の一つだった。幾分太り気味の友人に

「おめえ太ったな、体重のランク上げろ、ミドル級だば失格だべな、ヘビー級にあげろじゃあ」の類である。

未だ未だ意思の疎通は充分可能だと思わせた。今年は桜の開花が例年より早いらしいねえ等の話をした後、最後に私は彼の額を右手の四本の指でそっと撫でた。そして彼の右手を握って握手をしたが彼にはもう握る力は残っていなかった。バイバイをして部屋を出た。彼も二度目のOKサインで応えた。病室に居たのは五分程度だったろうか。

アキちゃんの話によると前日に大量の血尿血便が出たそうであるが午前中に輸血をしたら幾分調子を取り戻したところだったという。それでも半年以上固形物は一切口にしておらず全て点滴からの栄養補給で寝た切りだ。当然、下の世話も必要だ。このところ泊まり込みで世話をしているアキちゃんの労を私がねぎらうと口の前で手の平を小さく左右に振りながら
「いやいや、そんな。ちょっとした保育園ごっこしてるだけですよ」

とこともなげに私に告げた。やがて自分も辿る道なのかと思うと何やら悲しくもあったがアキちゃんがあっさりと外連味なく言ってくれたお陰で心の負担が幾分軽くなった気がした。

翌日私は帰路に就くため新幹線の乗り継ぎのため在来線の青森駅を利用したがその日はいつもと違う臨時の改札口に迂回させられた。途中の通路に案内のため立っていた駅員に尋ねると

駅舎の建て替えのためでう回路の使用は今日からだという。新人で青森に赴任して以来、何度も通過した改札はもう使えないというなんとも歴史的な巡り合わせに遭遇した訳だ。お昌さんも学生時代には上京の度に何度も使った駅舎と改札だ。

一抹の寂しさと感慨も覚えたが古い物が新しい物に淘汰されて行くのは世の常だと自らに言い聞かせるしかあるまい。

新幹線に乗り込み指定の席に着いた頃にアキちゃんからラインがあった。そこには

「そろそろ新幹線のホームでしょうか。関東の方は雨もやみ、お天気のようですよ。気を付けてお帰り下さい。ありがとうございました。新幹線の中で泣かないでくださいね」

とあった。

「いい勘してますね。丁度新幹線に乗り込みました。お昌さんと話が出来て良かったです。それらを思い出しながらこれから缶ビールで一杯やろうと思っています。アキちゃんも勤めと看病大変でしょうがお昌さんが一日でも長く生きられますように力を貸してやって下さい。何かありましたら二十四時間ＯＫですから連絡を下さい。」

これに対するアキちゃんの返信は真っ赤なりんごのお面を付けたウサギのキャラクターが敬礼をしている漫画イラストでウサギのセリフは

「ビシッ、かしこまリンゴ！」

　であった。

　私が自宅に戻ってから二日後アキちゃんからライン通話が有り今日は少し機嫌が良いのでKさん（彼女はお昌さんと同じように私の事を名前で呼んだ。無論、彼は呼び捨てだが）さえ良ければ動画を送りますよという事だった。元より何も予定はない。即座に承諾した。通常の電話とは違う少し甲高い呼び出し音の後、私のスマホの画面にはベッドの上のお昌さんの寝間着姿が写っていた。画面には出てこないがアキちゃんの声で
「それでは喋ってもらいますねえ」

　に続いてお昌さんが余り表情を変えずに何やら話し出した。しかしかすれた声は判別できても内容はさっぱり掴めなかった。彼自身は自分の話しは通じていると思っているのであろう普通のペースである。津軽弁を交えた会話の中で
「恥ずかしい」

　という単語だけははっきりと聞こえた。

「アキちゃん、通訳してくれるう」

「私も内容までは聞き取れないんですよ」

「恥ずかしいって言ってたけど、これはどういう意味なんだろう?」

「恥ずかしいんでしょ」

彼女はやや言い淀んだ感じでそれ以上は言わなかったがアキちゃんの表情は見えないけど幾分はにかみの表情が想像できた。ベッドの上では動きは取れないしすべての排泄物は病院の看護師かアキちゃんが行うのである。

私は先日のアキちゃんとの会話であった保育ごっこやお泊り保育と恥ずかしいは連動するのだと理解した。私はお昌さんに語りかけた。

「お昌さん、元気そうじゃないか。又、次もこれやろうよ。何でも喋ってよ」

と言って会話を閉じた。

動画配信から三日後の四月五日に再びアキちゃんからラインがありお昌さんは県病入院前に入っていた自宅から歩いて行ける距離の個人病院に再び転院したと知らせて来た。私が了解した旨の返信をしたところ私のショックを和らげるかのように正に一呼吸置いて更に追い打ちのラインが有った。

それはこれまで続けて来た抗がん剤とX線による治療は全て終了したという内容だった。転院先の病院で終末を迎えると言う意味だろう。

私は彼女にあまり気落ちしないようにと返信したがKさんの方こそ心配だと直ぐに打ち返しがあった。先日の私の駅の改札に向かう足取りが何となく力弱く覚束なかったそうである。出来るだけ明るく元気に振舞った積りだったがアキちゃんには先刻お見通しだった様だ。

転院

青森市は三月末に市内の高齢者施設でクラスターが発生したと発表した。県立病院でもコロナウイルスに対するより一層厳しい防護体制が採られるようになった。

そんなコロナ禍の中でお昌さんは急に果物の缶詰が食べたいと言い出したらしい。

お昌さんの市内に住む妹さんが見舞いに訪れた時だ。アキちゃんが急いで病院の売店で買って来るとミカンの実の一切れを飲み込んだという。入院以来固形物は殆ど口にしていなかっただけに固唾を飲んで見守る二人に対してニヤリと笑ったそうだ。

かつて看護婦をしていた事もある妹さんの見立てによると喉の痛みや不快感が丁度その時和らいだためではないかという事だった。あるいは辛い抗がん剤治療を終えて翌日の転院を前に気分的に楽になったせいでもあるのだろうか。この連絡をアキちゃんのラインで知った時は一時的な現象だと分ってはいてもやはり私の心はしばし和んだ。

四月の五日、お昌さんは介護タクシーのストレッチャーに横たわったまま自宅近くの個人病院に転院した。これまでの入退院でも車は使ったがお昌さんは少なくとも車までは自分の足で歩いていた。アキちゃんによると県病の個室よりもやや小ぶりだが部屋の造りは窓も南西に開けて明るく快適で窓からはお昌さんのホームグラウンド、八甲田山が見えるという。

転院後の電話

転院してから二日目の午前中、お昌さんから電話があった。彼が使うのはいわゆるガラケーである。でも彼が携帯を掴みナンバーをプッシュしたのだろうか。発信者名を見ると彼からなので驚いて出ると小さな声で何やらしきりに喋っている。発声はしているのだろうが声帯ががんに侵されているためだろう内容はさっぱり掴めない。聞き返しても埒が明かないので私は一方的に話しをした。

「お昌さん、良かったねえ。苦しい治療を良く耐えたじゃないか。暫くそこでゆっくりすればいいよ。お昌さんの様子みて、又、お見舞い行くよ」

こちらが喋っている間は彼も黙っている。私の話を聞いているのだ。程なくして彼は又、喋りだした。相変わらず意味不明のカシャコソといった物理的な音声だけが聞こえる。しばらくそのままにしていようと思い受話器に耳をあてたままにしていた。すると幽かではあるが

「アリガトウ」

数秒の間をおいて再び

「アリガトウ」

とはっきり聞こえたのである。先日の見舞いのお礼なのかこれ迄の僕との交友に対する感謝なのかは分からない。少なくとも彼が精一杯の力を振り絞って発声してくれたのは分かる。彼の体力を消耗させては悪いと思って私は

「お昌さん、ありがとネ。長電話は疲れるからソロソロ切るね」

と言って通話の終了ボタンを押した。通話時間の計測表示を見ると四分二十秒であった。

これがお昌さんとの最後の会話となるとはその時は未だ思っていなかった。

事実、アキちゃんの話でも病院での面会はコロナ禍のせいで家族でも原則禁止だったため二人の意思疎通は携帯電話で行っていたという。多い時は日に三回も彼から電話が有ったらしい。しかしやはり内容は全く分からなかったそうだ。そして一日の大半は点滴液の中に入れられた痛み止めのせいもあるのか殆ど寝ているようになったという。昼間にお休みと言われたこともあるから多分、昼夜の区別は付いていないと思うわと言う事だった。

病院が面会禁止とあってお昌さんの病状を聞くためにアキちゃんは担当医師との面会を次の

日曜日の十二日にセットした。私は面談後の内容を知らせてくれる様彼女に依頼した。

その日の午後、アキちゃんからラインが有った。

『今、病室に来ました。殆ど声は聞こえませんがお会いになります？』

担当医師に会ってからの連絡だ。しかも行きなり会わないかと聞いて来た。いつもとは様子が違うなという感じがした。一階の居間で朝ドラの再放をのんびり見ていた私は
『はい、今移動しますね』

と返事をして慌てて二階の私の書斎に駆け上がった。そして動画が見やすいようにスマホの簡易スタンドを用意して返信をした。

『準備できました』

するとと程なくして病院のベッドに横たわるお昌さんの姿が見えた。

一目見て力ない表情だった。目が窪んでいた。私の顔がアキちゃんのスマホに出ているのだろう一点を見つめて何か喋ってはいるのだが先週の様なカシャコソという意味不明の音声すら聞こえない。会話にはならなかった。アキちゃんがお会いになります？　と聞いた意味が分かった様な気がする。会話は成り立たないのだ。ＯＫサインもバイバイも無いけど寝そべっているお昌さんを動画で見るしかないのだ。私はアキちゃんから担当医師との面談の内容を改めて聞

くのはもう止めにした。

　コロナ禍のせいもあってその頃の私は散歩以外は全く外出しないという生活を送っていた。だがその週は私にとっては恐らく最後になるであろう車の免許更新のために自動車教習所に行った二日後には運転免許センターに出向くという私にしては濃い内容のまま週末の一七日を迎えたのだった。

十七日～臨終

一七日（土）午後一時頃アキちゃん病院へ。前日看護師から最近、血圧が異常に下がる事が在るという連絡を受けていたためその日は役所を早退したのだった。彼女の来訪を確認したのかお昌さんは間もなく静かな寝息を建て始めた。

看護師から今晩（患者に）付きますかと聞かれ彼女は事態は切迫しているのだなと思って臨泊する事を即座に決めた。その日は奇しくもお昌さんの妻Y子さん、アキちゃんにとっては母親の誕生日だった。

翌一八日（日）は前日の雨からどんよりとしたぐずつき模様の天気に変わっていた。このところのお昌さんは殆ど寝ている事が多くなった。全身ががんに侵されているのだ。無理もなかろう。

その日の朝、アキちゃんは青森市内に住む叔母にだけは連絡した。お昌さんの妹に当たるこの叔母は元看護婦であり日頃からアキちゃんの良き相談相手でもあった。叔母は午後三時頃に病室に来て十分ほど居て帰って行ったという。お昌さんはその間起きる事はなかった。

病室には再びお昌さんとアキちゃんだけになった。お昌さんの寝息だけしか聞こえない静寂が流れた。そして午後五時頃少しずつ息が荒くなったという。一時間ほどすると傍にいてもゼ～ゼ～という荒い息づかいが聞こえるようになった。それから間もなくして病室の心電計と繋がっているのだろう看護控室の警報音がピーピーと鳴った。アキちゃんはその短い間隔でなり続ける甲高い警報音によって父親が息を引き取ったのだと理解した。

程なくして現れた医師によって臨終時間は午後六時四十五分だと告げられた。奇しくもお昌さんが最も輝いた地元民放夕方ニュースの開始時刻だった。

我が友、昌。享年七十九歳の生涯であった。

もう一つの訃報

私がお昌さんの訃報を聞いたのは彼の死の翌日の朝八時半過ぎだった。ニュースから朝ドラを見終わって新聞でも読もうかと思う時間だった。私の習慣を知っているアキちゃんらしい配慮だったと思う。いつ連絡が来てもおかしくないと覚悟をしていたので驚きはない。葬儀の日程がどうなのかという考えが私に過(よぎった)ったのを見透かしたようにアキちゃんは言った。

「出棺の儀の前日にお見えになると父にゆっくり会えると思います」

私はそのようにすると即答した。宿も葬儀会場に五人まで可能だという。東京で教師をしている自分の兄もそこに泊まるという。私は宿もお世話願う事にした。彼女はすべて昨日のうちに葬儀の一切の段取りを済ませていたのだろう。私としては大いに助かった。

しかし得てして不幸は重なるものだ。死とは本来予期せぬ出来事なのだ。

アキちゃんの連絡を受けたその日の午後、私のもう一人の親友の訃報を受け取った。お昌さんとは全く面識はないし職業も違う。私が初任地青森での勤務を終えた後、東京で知己を得た三つ年上の男性だった。私と彼の父が同じ福岡の学校（旧制中学と高校）の卒業生というのも二人が親しくなった理由の一つである。

自分の好きな時間に働けるのと車が好きだという理由から赤坂の一流バーテンダーを経て個人タクシーの運転手を二十年以上続けていた。昭和の最強棋士と言われた名誉本因坊の義弟でもあったがまあ有りと有らゆる遊びと情報に長けた全くの自由人であった。

共に半世紀近い親しい付き合いをして来た友人で二人は我が家にも来て我が家族とも親しく会話をしている。神は私に試練を与えようと言うのだろうか。わずか一日違いで半世紀以上の付き合いの有った二人の親友の命をあっさりと奪って行った。

新宿区内の都営アパートに住んでいたこの友人は脳梗塞でしばらく自宅療養していたが今朝眠るように亡くなったという。家族はコロナ禍中でもあり一切、葬儀の類はしないという。そして明日の午後には茶毘に付すという。私はお昌さんの葬儀日程を睨みながら明日の午前中にもう一人の親友に最後の別れを告げに行く事にした。

そして翌日、前日に使った喪服にブラシをかけただけの準備で私は青森に向かった。

息を支配し
息を止められる人はいない。
又、死の日を
支配できる人もいない。
（コヘレトの言葉・八章）

出棺前日・献体

津軽の弔いは時間が掛かる。私が育った福岡や仕事で付き合いのあった関東の倍は掛かるのではなかろうか。刷り物になった葬儀日程によると納棺の儀から本葬迄四日を要する。私は初任地青森で六年を過ごし葬儀の取材は何度もしたが本格的な津軽の葬儀に参加するのは今回が初めてであった。

先ずその違いに驚く。それは通夜の前に火葬することであり告別式の直後に埋葬まで済ませることであった。勿論、通夜と葬儀にだけ参加することも可能だ。

私もアキちゃんからお昌さんの訃報を聞いた時の連絡は出棺の儀の前日までにお出で頂ければゆっくりお別れが出来ると思いますという事だった。又、葬儀会場の控室にはバストイレが完備した宿泊施設も併設されていた。恐らく津軽特有の葬儀日程に合わせた施設なのだろう。十畳ほどの畳敷きの部屋に安置された遺体の入った棺の前には簡便な祭壇が設けられお昌さんの遺影と戒名が書かれた小さな掛け軸仕立てになったお札。それに彼の食料に近い生活必需品であった５００㎖入りの缶入り発泡酒が戒名札の前に一本だけ供えられていた。

私はその部屋でお昌さんの棺と直角の位置に布団を敷き二泊した。前夜から宿泊していた長男は自分のいびきは人並みじゃないので別部屋のベッドで寝ますという事だった。

当然、お昌さんも津軽のしきたりは百も承知だったろう。ねぶた嫌いのお昌さんだ。恐らく堅苦しい儀式も好みではなかろう。だからなのか彼は生前、医学の進歩のためにと自らの遺体の献体を地元の国立大学に申し出て正式に登録もしていた。私も関連の文書を見せられた事がある。献体となれば津軽の伝統的な葬儀は相当変則的なものにならざるを得まい。しかもコロナ禍で市内の病床が逼迫していたのか病院からは一時間以内に遺体を引き取って欲しいと言われたという。

今回、役所勤めの傍らお昌さん宅を度々訪れては彼の世話をして来たアキちゃんと今回、喪主を勤め東京で公立小学校の教諭をしている兄の二人は献体はせずに津軽の通常の葬儀で父親を弔うことにしたのである。折からのコロナ禍と重なったことと遺骨で返還されるまでに数か月から一～二年を要することも彼らが献体の道を選択しなかった理由ではなかろうか。

出棺・収骨

出棺の儀には三十人余りが出席した。親戚を中心にお昌さんが嘗て勤めた会社の関係者等が出席した。私は一緒にサツ回りをしたお昌さんの同期のN氏が来ていたので彼と並んで式に参列した。僧侶の読経の後、一行は数台の車に分乗して青森市郊外の火葬場に向かった。津軽では通夜の前に火葬する。青森市郊外の火葬場に到着したが新人時代の頃と同じ場所にあった。建物も当時のままだという。取材で訪れた記憶が蘇った。当時は広い敷地内に殺風景な建物だけの記憶しかないが今では建物の周囲や道路脇には植樹された樹木が大きく成長しおよそ半世紀の時を経て静かな佇まいを形作っていた。

一行は案内されて焼き窯の前に集まり火葬前の棺の周りを囲んだ。一渡りお昌さんに合掌するなどして最後のお別れをしたがアキちゃんだけは最後まで棺の前を離れず何が去来したのか小刻みに嗚咽しながら父親の頬を何度も撫でたり顔の周りの花の位置を整えたりしていた。

私は昨日からアキちゃんとずっと一緒だったが涙一つ見せず気丈に振舞っていた。いろいろな物事への対応で恐らく泣く暇も無かったはずだ。彼女が棺の傍を離れるとそれまで遠慮して後方にでも居たのか制服を着た係員二人がすっと現れ静かに棺の蓋をした。そして棺を乗せた台車をぴたりと窯に接近させた後、棺だけを窯の中に押し込んだ。そして焼き窯の重い鉄の扉を閉めた。その時のガシャーンという鈍くて重い金属音は形（かたち）成すお昌さんと現世との別れを我々に否が応でも促す冷徹な音の響きに聞こえた。

一行は一旦、控室に下がり遺体焼却まで待つ事になった。テーブルにはおにぎりとサンドイッチの他に缶ビールとカップに入った日本酒などが並べられていた。私は日本酒に手を伸ばしコップ片手に所在投げに窓の外の風景を眺めているとアキちゃんが一人の長身で白髪の紳士を連れて来て私に紹介した。彼女の義父だという。喪主を勤めた兄は東京で小学校の教師をしているので一連の葬儀に関する準備等は一切彼女一人でやらなければならなかった。恐らく複雑な津軽の葬儀のしきたりなどは地元銀行の支店長を勤めた義父や義母の様々な知恵を借りたに違いない。

待っている間にこの火葬場も近々建て替えられる事を知った。人も建物も役目を終えれば退いて行くのは理りなのだ。

一時間半ほどして一行は収骨のため焼き窯の方へ移動した。津軽では収骨で用いる箸は四角に削った四十センチほどの竹製で二本の長さに微妙な差が付けられていた。日本の地域によっては二人で一つの骨を拾うところもあるが津軽では一人で行なう。そのせいか私はお昌さんのがっしりした多分大腿骨であろう他よりは長目の骨の部分を拾って木製の骨箱に入れようとしたが箸で運ぶ途中、骨は真二つに折れて粉々に壊れて床に落下した。途方に暮れていると係員が

「そのままで」

と小声で私を制して、あっという間に持っていた刷毛で手際よく塵取りに集めてそっくり骨箱に収めた。全員無言の中でのとんだ醜態だった。収骨が終わりそれぞれが何台かの車に移動する途中アキちゃんにそっと不始末を詫びると

「ぜ~んぜん、返ってみんなの緊張が解けて良かったわ」

と私を庇うように事も無げに言ってくれた。私も幾分救われた気がしたが、お昌さんもさぞかし苦笑いしているに違いなかろう。

通夜

火葬場から一行は再び市内の葬祭場へそれぞれの車に分乗して戻った。私は親族の控室に入ったが同行していたN氏は通夜迄の時間、一旦お昌さんと共に働いた嘗ての会社に向かった。会社の取締役を務めたN氏は今でも週に一日だけ勤務し主に社史の編纂をしているという。私がすかさずお昌さんも社史編纂やってたんじゃないのかと問うと
「彼奴は創成期から昭和の途中まで、俺は平成から現在、未来も含めてな」
と冗談めかして言ったので私が
「え〜っ、それじゃあ、同期二人で回していつまで経っても出来ないじゃないか」
と返すと彼はニヤリと笑ってそれ以上は答えず会話は成立しなかった。組合幹部から平社員で退職したお昌さんと会社の重役を終えてからでは社史編纂の立場や方針は微妙に違うのかも知れない。弔いの場での会話には多分相応しくなかったのだろう。

通夜は午後六時から始まり僧侶の読経が小一時間続いた後、出席者が焼香して流れ解散となる形式だった。

通夜の後、喪主を務めたお昌さんの長男から誘いがありN氏と三人でコロナ禍ですっかり勢いのない青森の夜の街へ出た。市内は緊急事態宣言の様な制限下ではなかったが店の予約を入れた長男によると酒と料理を出す店はほんの一握りだったという。残念ながらお昌さん行きつけの店ではなかった。

カウンターと小上がりのある店の客は我々の組だけで広い店内はひっそりしていた。長男の知らないお昌さんの武勇伝、失敗談は山ほどある。話題には事欠かない。喪服姿の三人は他の客に遠慮することなく大笑いしながら盃を重ねてお昌さんを心行くまで偲んだのだった。

葬儀告別式

通夜の後、白布に包まれたお昌さんの遺骨は控室の仮祭壇に安置されていたが翌朝、葬儀社の社員が来て午前十一時から執り行われる告別式の行われる式場に移された。

私は遺体のお昌さんと遺骨のお昌さんと身近に二夜を共にした事になる。人は何故日時をかけて人を弔うのか。それは別離の哀しみを最低限でも癒すのにあるいは納得させるのに必要なプロセスだと先人たちが思いついた策なのだろう。

通夜とほぼ同じ顔ぶれの人達が出席して告別式は始まった。僧侶の読経に続いて焼香に移ったが昨夜と違って流れ解散せずに自席に戻るように事前に指示されていた。

全員の焼香が終わると喪主の長男が挨拶をした。今朝、長男が近くのコンビニで買って来たおにぎりを一緒に食べた後、彼は部屋の中を歩きながら何やら呪文の様なものを呟いていたがそれは恐らく式後の挨拶文だったのに違いなかろう。

お昌さんの人生を締めくくる大切な挨拶だ。私は幾ばくかの不安を覚えたが、そこは毎日丁度今日の出席者と同じ位の数の生徒を前に毎日喋っている小学校の教師だ。挨拶の中で大学を出た後すぐは流通業界の仕事を転々として身が定まらず親父とも余り意思の疎通がなかった事を淡々と話し出した。身長一メートル八十センチ以上の巨漢だけに声もバリトーンで良く通る。

しかし、青森県の栄養士協会の会長を長く勤めていた母親ががんで亡くなった後一念発起して東京都の小学校の教師を目指して夢が叶った時、父親が大変喜んだ事。祭壇に掲げた遺影はその時、上京した父親を撮ったものだと紹介した。その写真はロマンスグレイのふさふさした髪で幽かに微笑んでいた。私から見ても余り見た事がないお昌さん飛び切りの笑顔だった。

何で締めるのかなと思ったらやはり一つ違いの妹のアキちゃんの事だった。殆ど帰青しない自分の代わりに献身的に父親の看病、介護をしてくれた事への謝意であった。実は今朝も式の進行を巡って二人は口角泡を飛ばさんばかりの大喧嘩をしたのであった。内心ハラハラしていたが心に染みる挨拶であった。

式に参列したご婦人たちはしきりにハンカチで目頭を押さえていた。

この後、一行は郊外の墓地に納骨に向かうのだが忙しく走り回っていたアキちゃんに

「兄貴はいい挨拶したじゃないか」

と問うとすかさずアキちゃんは
「あれ位はやってもらわないと」
と軽くいなされたがまんざらでもない表情に見えた。やはり兄妹である。お昌さんはどのように聞いただろうか。

納骨

お昌さんの家の墓所は新幹線の新青森駅からも近く、世界文化遺産に地元が推薦している三内丸山遺跡からもさほど遠くない場所に在った。その墓所への道行は火葬場に向かった時と同じ民放のN氏で今回も同じ親籍の男性の車に同乗させて貰った。

N氏と車内での会話は出棺から火葬、本葬を取り仕切った若い僧侶の事だった。葬儀の中心を成す読経について二人とも詳しくはない。ただ二人とも商売柄葬儀の場数だけは踏んでいる。その私が聞いても余り上手いとは言えない。何度も途切れるのである。流れるような眠気を誘う様な読経とは違う。私もN氏も津軽の葬儀の最初の儀式である納棺の儀には出ていないがアキちゃんによるとまるで学生の様な可愛らしい青年僧侶の妹が執り行ったという。ただアキちゃんはこの若い兄妹僧侶のけなげな献身には感謝していると言っていた。葬式に対する目線が私たちと一緒だったからというのがその理由だった。

ここでも世代の交代はひたひたと起きているのだ。N氏と二人で長嘆息をしながら出した結論がそうだった。受け入れなければなるまい。

三十分ほどで墓苑の入り口に着いた。お昌さんの遺骨の入った白布に包まれた木箱を抱えた長男と額に入った遺影を両手に持ったアキちゃんに続いて無言の一行は墓所に向かった。

広い墓苑の中のある一角に出た。ここだと示された墓は周りとは雰囲気の異なるモダンな感じの緑色系の柔らかそうな石を使った墓石だった。墓石の先端近くの小さな円の中には恐らく家紋であろう丸い円の中に剣と草花をあしらった彫りが在った。その下には石柱の全面を使って釈尊の釈の一字が深々と浮き出ていた。墓石の裏側を見ると二〇一六年建立、その下にお昌さんの姓と名前が深々と彫ってあった。妻のY子さんの亡くなった年の建立を示していた。

後日聞いたところによるとお昌さんの父方の祖父の書を転写したものだという。

ふと隣の墓を見ると他を圧するような広さの土地にすらりと背の高い石柱があった。良く見ると其処には竹内俊吉の墓と大書されていた。つまりお昌さんが妻のY子さんの死後立て替えた墓は自分の会社の設立者で青森県の巨人の墓と隣り合っているのだ。威厳を持った石柱の墓石に対して柔らかい緑色系のずんぐりと地震でも揺るがない安定した横に長い墓石。何よりも違うのは竹内俊吉の墓とは向きが違うのである。直角に対峙しているのだ。お昌さんの何らかの意図を感じざるを得ないと思うのは私だけだろうか。何やらお昌さんらしくて微笑ましい。にんまりしたお昌さんの満足げな笑顔が浮かぶ。

墓所を取り囲むように集まった一行を青年僧侶は確認するように見回した後、読経を始めた。短い読経が済むと長男が墓石の前に蓋をするように置かれた長方形の墓石を重そうに横にずらすとぽっかりと地下室の様な空洞が見えた。そこには茶色や黒く変色した無数の骨片が散らばっていた。恐らくお昌さんの両親や妻のY子さんの遺骨なのだろう。

墓石の前に白布を解いて開けた木箱を長男が設置した。僧侶に促されて長男、アキちゃんに続いて各自が墓穴に散骨した。

納骨が続いている間に私はアキちゃんにそっと近づき尋ねた。

「お昌さんの小さな骨、貰ってもいい？」

アキちゃんはちょっと驚いた様子だったが落ち着いたしかもしっかりした小さな声で

「役所勤めの私に聞かないでよ。埋葬法と廃棄物処理法違反ですう」

と子供のいたずらでも諭すように優しく返して来た。私はアキちゃんの瞳を見ながらゆっくり無言で頷いたがその時、ふとお昌さんが私への電撃見舞いの時にくれた未だ手付かずのウィスキーのミニュチアボトルの素敵な利用方法を思いついたのだった。

最後に残っていた遺骨を長男が木箱ごと抱え上げザザ～っという音と一緒に全部を墓穴に収めた。お昌さん安住安眠の場である。
納骨が終わると一行はお昌さんとの思い出話やこの後のそれぞれの予定などを話しながら駐車場へ向かった。

筆者注
三内丸山遺跡はお昌さんが亡くなった年の令和三年（二〇二一年）七月に北海道・北東北の縄文遺跡群として世界文化遺産に登録された

終章（入り舞）

広大な土地の墓苑の至る所に桜の木が植えられていた。今年の津軽の桜の開花はいつもの年より二週間ほど早いと言われていた。どの桜もこれから見せ場を作らんと六～七分咲きの勢いのある輝きを見せていた。

お昌さんには一人の姉と三人の妹がいる。

青森市在住の妹を除けば他は他都県に住んでいる。久しく全員が一堂に会する事はこれまで無かったらしくお昌さんはこれ迄の諸々の罪滅ぼしか去年の夏ごろに、来年の夏は東京に住む八月生まれの姉の下に皆んなで集まり姉の誕生祝いをしようと計画した。

しかし、お昌さんが去年の秋にがんが発覚して入院したために予定を早めて今春に全員で我が家に集まって貰い自分は行けないが皆んなで弘前城の花見に行って欲しいと計画を変更していた。

少なくともお昌さんは桜の咲く頃までには退院して我が家で姉妹たちをもてなそうと考えていたらしいのだ。

私との付き合いも半世紀近い。特に彼がアルコールに一時ひどく侵されて以降の十二年間は年に三回、私はお昌邸を訪れていた。

殆ど外出しない二人はアキちゃんにいい年寄りが何をしてる。温泉にでも行って来いと良くハッパを掛けられたものだが外に出なくてもお昌さんの庭は四季折々、飽きさせなかったのである。

全く手入れをしない庭には木蓮の木と二階の屋根ほどまでに成長したグミの木が植わっていた。他は草ぼうぼうである。シダ類やゼンマイ、ワラビ等も生え放題である。特にグミの木は殆どが焼け野原になった青森大空襲の前から自生していた樹木と思われ実が熟した季節には野鳥がそれこそ群れを作ってやって来た。私はお昌さんに良く冗談でこの木は絶対に県指定の樹木になるよと言っていたほど見事なものだった。冬は完全に雪で覆われ九州育ちの私にとっては雪景色も含まれた原野に近い外出不要の季節感満載の庭だったのである。

お昌さんは私への最後の電話でかすれる声をふり絞ってアリガトウと二度伝えて来た。長くは生きられないと知っていたのだ。お昌さんの形あるものの最後の別れである納骨を済ませた後、広い墓地の中を駐車場へ向かう私達は満開前の幾本もの若い桜を愛でた。お昌さんは間違いなくこの季節を死に時に選んだのだと確信した。

お昌さん、老いの入り舞、見事に演じ切ったじゃないか。お昌さん、せばの。

（完）

■著者紹介

田中 清士（たなか　きよし）
昭和18年5月16日福岡市生まれ。修猷館高校、慶應義塾大学卒。昭和43年NHK入局。青森局赴任。東京社会部。九州沖縄報道統括。列島リレーニュース編集長。宮内庁キャップ。科学文化部長。水戸放送局長。退職後、NHK放送研修所教官。

老いの入り舞
～お昌さん～

著　者　田中 清士
発行日　2023年10月12日
発行者　高橋 範夫
発行所　青山ライフ出版株式会社
〒103-0014 東京都中央区日本橋蛎殻町 1-35-2
グレインズビル5階52号
TEL：03-6845-7133
FAX：03-6845-8087
http://aoyamalife.co.jp
info@aoyamalife.co.jp
発売元　株式会社星雲社（共同出版社・流通責任出版社）
〒112-0005 東京都文京区水道 1-3-30
TEL：03-3868-3275
FAX：03-3868-6588

ISBN978-4-434-32578-6